Theo von Taa...

Das Wars-Star Witze Buch Teil I

Zwischen Autor dieses Buches und den Machern von Star Wars oder einer deren Tochterunternehmen besteht keinerlei Verbindung. Dieses Buch ist durch die Macher von Star Wars oder eine deren Tochterunternehmen weder genehmigt, noch unterstützt und auch nicht mit diesen Parteien in irgendeiner Weise verbunden.

Bibliografische Information der Deutschen Nationalbibliothek:
Die Deutsche Nationalbibliothek verzeichnet diese Publikation in der Deutschen Nationalbibliografie; detaillierte bibliografische
Daten sind im Internet über http://dnb.dnb.de abrufbar.

© 2016 Theo von Taane; 1. Auflage

Herstellung und Verlag: BoD – Books on Demand, Norderstedt

ISBN: 9783741249372

WITZEKATEGORIEN   Seite

Kurzschluss! **R2D2** brennt mit Toaster durch!   **S. 6**

Sith Geheimnisse enthüllt!   **S.10**

Ein krächzender ‚**Han**' am Morgen? Egal ist lustig!   **S.14**

George Lucas? Der Allerbeste!   **S.18**

Yoda – von der Kaulquappe zum Jedi-Meister   **S.20**

Aufgedeckt! **Imperator** streichelt heimlich Hasen!   **S.29**

Wind & Wetter: **Sturmtruppen** in der modernen Wettervorhersage!   **S.36**

Der **Jabba** Weg: I make you sexy!   **S.40**

Skandal! **Leia** küsst falschen Frosch. Yoda jetzt Prinz!   **S.47**

1000 Tricks & Tipps. **Wookie** als Haustier halten!   **S.51**

Kurzschluss! **R2D2** brennt mit Toaster durch!

Frage: „Was sagt R2D2 jedes Mal wenn er an einem Metallmülleimer vorbeifährt?"

Antwort: „Mutti, bist du das?"

-

C3PO spricht zu R2D2:

„Du musst ihm die Nachricht vorspielen!"

R2D2: „Zwirp-piep-barz-piep-piep!"

C3PO: „Nein, ich denke nicht dass er dich mag."

R2D2: „Piep-fuz-tock-zwirp-piep-pop!"

C3PO: „Nein, ich mag dich auch nicht."

–

Frage: Wovor hat R2D2 am meisten Angst?

Antwort: Vor einem Dosenöffner.

–

Frage: Wie gratulierte R2D2 seinem Freund C3PO zu dessen Geburtstag?

Antwort: Er sendete ihm eine Speicher-Karte.

–

Frage: Wie nennt man einen schlecht riechenden Druiden?

Antwort: R2-DPooo

–

Frage: Warum macht R2-D2 eigentlich immer nur Piepgeräusche?

Antwort: Es muss zensiert werden, da er nur vulgärisch redet.

—

Frage: Wie nennt man ein Piraten-Droiden?

Antwort: „Argh2-D2"

—

Anrufbeantworter von R2D2:

„Hallo, leider bin ich gerade nicht zu Hause. Bitte hinterlassen sie ihre Nachricht nach dem Piep-Zwiiep-Tut-wiiezp-buzz-zip-boop …"

—

Frage: Kann R2D2 singen?

Antwort: Nein, aber zwitschern.

–

Frage: Warum konnte R2D2 nicht die Murmeln vom Boden aufheben?

Antwort: Weil ihm dazu das Daumen-Gerät fehlte.

–

Frage: Warum war R2D2 traurig?

Antwort: Weil er sein Motherboard vermisste.

–

Frage: Warum hat R2D2 nie einen Microsoft Computer getroffen?

Antwort: Weil sie nicht kompatibel zueinander waren.

—

R2-D2 plus R2-D2 = R4-D4

—

Frage: Wie nennt man R2D2 wenn er älter geworden ist?

Antwort: R2D3

—

Sith Geheimnisse enthüllt!

Frage: Wie nennt man 5 Siths aufgespießt auf einem Lichtschwert?

Antwort: Ein Sith-Kebap!

—

Frage: Wie lautet das Leitbild der dunklen Lords?

Antwort: Sith happens!

-

Frage: Wie nennt man einen Sith, der nicht kämpfen möchte?

Antwort: Ein Sithy (Sissi)

-

Frage: Warum überquerte Anakin die Straße?

Antwort: Um auf die dunkle Seite zu gelangen.

-

Count Dooku spricht zu Anakin:

„Junger Jedi, das war mutig, aber nicht sehr überlegt von dir. Ich dachte, du hättest deine Lektionen inzwischen gelernt!"

Darauf antwortet Anakin:

„Also, ehrlich gesagt bin ich auch jemand der nur langsam lernt."

-

Darth Sidious: „Ich stelle euch meinen Schüler zur Seite ... Darth Maul!"
Vizekönig: „Hat er gerade gesagt: Halt's Maul?"

-

Frage: Warum ist Klebeband wie die Macht?

Antwort: Es hat eine dunkle Seite, eine helle Seite und es hält die Galaxie zusammen.

-

Frage: Welcher dunkle Lord sagt immer ‚bis später'?

Antwort: Darth Later

-

Frage: Was verstehen viele unter „Dunkle Bedrohung?"

Antwort: Das Finanzamt

-

Frage: Wie nennt man einen Tennisspieler, der alle Entscheidungsspiele gewinnt?

Antwort: Einen siegreichen Tie-Fighter

-

Ein krächzender ‚**Han**' am Morgen? Egal ist lustig!

Frage: Wie wird Han Solo genannt wenn er zusammen mit seinem Double die Straße entlang geht?

Antwort: Han Duett

—

Frage: Wie wird Han Solo genannt wenn er mit zwei Doubeln zusammen die Straße entlang geht?

Antwort: Han Group

—

Frage: Wie nennt man Harrison Ford wenn er gerade Gras raucht?

Antwort: Han So-high.

–

Frage: Welcher Rebell liebt heiße Getränke?

Antwort: Han Coco

–

Frage: Warum ging Han nach Hollywood?

Antwort: Er war ein Star Pilot.

–

Frage: Was nutzt Han um seine persönlichen Gegenstände zu tragen?

Antwort: Eine Han(d)-Tasche.

–

Frage: Wer ist der Lieblingssportler von Han?

Antwort: ‚*Venus*' Williams.

-

Frage: Wer ist der Lieblingsautor von Han?

Antwort: Han Christian Anderson

-

Frage: Wie würdest du es nennen wenn Han sich in einem großen Metallcontainer verstecken würde?

Antwort: Eine Solo Trommel.

-

Frage: Wie würdest du Han nennen, wenn er Bass in einem Chor singen würde?

Antwort: Han so low.

(so low (engl.) = so niedrig)

—

Frage: Warum arbeitete Han für eine Bank?

Antwort: Sie wollten einen Schuldner.

—

Frage: Wann verließ Han den Millenium Falke?

Antwort: Am Park-Meteor.

—

Frage: Wie nennt man den Millenium Falke, wenn er durchdreht?

Antwort: Ein Star Wars' Angry Bird.

—

Frage: Warum ist der Millenium Falke so langsam?

Antwort: Weil es ein Millenium dauert bis er irgendwohin kommt.

-

George Lucas?

Der Allerbeste!

Frage: Was passiert wenn George Lucas seine Zähne nicht putzt?

Antwort: Er macht einen Film.

-

Frage: Welches Auto fährt George Lucas?

Antwort: Einen Harrison Ford.

-

Frage: Was sagte George Lucas, nachdem Luke einen Sturmtruppler mit seinem Lichtschwert niederstreckte?

Antwort: Cut!

—

Frage: Was sagte George Lucas, als sich Han und Leia küssten?

Antwort: Action!

—

Frage: Warum gab George Lucas Luke Medizin?

Antwort: Weil er sich nicht fokussieren konnte.

—

Frage: Warum schoss George Lucas mit einer Klebepistole auf den Imperator?

Antwort: Damit er sich nicht wieder unerlaubt vom Set entfernt.

(Set (engl.) = Drehort)

-

Frage: Was werden die letzten Worte von George Lucas sein?

Antwort: Ende

-

Yoda – von der Kaulquappe zum Jedi-Meister

Yoda und Mace Windu unterhalten sich.

Yoda: „Ohh, dunkel die andere Seite ist!"

Mace Windu: „Halte endlich den Mund Yoda und iss deinen Toast!"

-

Frage: Wozu würde, laut Yoda, ein Jedi niemals die Macht benutzen?

Antwort: Zu lernen sprechen vernünftig.

-

Frage: Welches ist das bevorzugte Mobilnetz der Jedis?

Antwort: Yodaphone!

-

Frage: Was sagte Yoda, als Luke auf seinem Kopf gestanden hat?

Antwort: „Luke, ich kann mächtig Unterhosen deine sehen!"

-

Yoda und Luke unterhalten sich.

Yoda: „Luke, mit deinen Aufgaben du wachsen wird..."

Luke: „So wie du?"

Yoda: „Ja."

Luke: „Ich geh mal schnell Zigaretten holen."

-

Yoda ist so alt, dass er sich noch daran erinnern kann, wie die Bögen von McDonalds noch silbern waren.

-

Yoda kommt mit einer 5 in Deutsch nach Hause. Sein Vater ist außer sich und schreit ihn an.

Vater: "Wieso hast du schon wieder eine schlechte Note in Deutsch?"
Yoda: "Das ich nicht verstehen, diesmal gelernt ich habe."

-

Frage: „Was steht auf Yodas Grabstein?

Antwort: „I.P.R."

-

Yoda sprach:

„Bald zur dunklen Seite der Macht du gehören wirst!"

...und schob das Brot in den Ofen.

—

Yoda und Mace Windu unterhalten sich.

Yoda: „Ich spüre die Macht in mir stärker sie wird."

Mace Windu: „Yoda, nimm die Batterie aus dem Mund!"

—

Frage: Was sagte der Zwerg als er Yoda traf?

Antwort: „Die Welt ist wirklich klein."

—

Frage: Was sagt Yoda zu Luke wenn er mit Magneten spielt?

Antwort: „Du musst die Macht nutzen, Luke."

-

Frage: Was sagte Yoda zu Luke bevor er zum Mond reiste?

Antwort: „Vor der dunklen Seite du musst vorsehen dich."

-

Frage: Wie lautet der Name von Yodas Mutter?

Antwort: Yo'Mutter.

-

Yoda ist so alt, dass er sich noch daran erinnern kann wie Donald Duck noch nicht sprechen konnte

(Donald kann zwar heute sprechen, aber es versteht ihn keiner)

—

Frage: Warum hat Yoda nicht die Schule abgeschlossen?

Antwort: Weil den Deutschtest er geschafft nicht hatte.

—

Yoda und Jar Jar unterhalten sich.

Yoda: „Du den Unterschied kennst zwischen einem Lichtschwert und einen Jedi?"

Jar Jar: „Nein, ich 'se nicht wissen."

Yoda: „Ok, du mich erinnern daran bitte, niemals ich dir Lichtschwert ausleihen ich werde."

—

Frage: Warum solltest du Yoda nicht nach Geld fragen?

Antwort: Weil er immer ein bisschen kurz ist.

-

Frage: Warum ist Yoda ein so guter Gärtner?

Antwort: Weil er einen grünen Daumen hat.

-

Optionsmöglichkeiten für eine Entscheidung nach Yoda:

50%: Tu es

50%: Tu es nicht

0%: Vielleicht

-

Yoda und Mace Windu unterhalten sich.

Yoda: „Mächtige Raumschiffe die Sith gebaut haben!"

Mace Windu: „Yoda, sei endlich ruhig und lass die Fliege in Ruhe!"

—

Yoda ist so alt, dass er sich noch daran erinnern kann, wann und wie genau der Urknall stattgefunden hat („Großer Knall es gemacht hat damals.").

—

Aufgedeckt! **Imperator** streichelt heimlich Hasen!

Frage: Ein Shuttle befindet sich auf den Anflug über einen Planeten. Im Shuttle befinden sich der Imperator Palpatine, Darth Vader und Grand Moff Tarkin und warten auf die Landung. Da stürzt das Shuttle ab. Wer wird gerettet?

Antwort: Die Republik

-

Frage: Was sagt der Imperator zu Vader, als er hörte dass er Kinder hat?

Antwort: „Atmen die auch so schwer wie du und tragen schwarze Leder-Klamotten?"

—

Schaut der Imperator in den Spiegel und erschrickt.

Imperator: „Argh! Die Hässlichkeit in Person."

—

Der Imperator und Darth Vader bei einem Strategiegespräch.

Vader: „Ich weiß was Luke zu Weihnachten haben will."

Imperator: „Wie kannst du das wissen?

Vader: Ich fühle seine Präsenz.

(Präsenz (Anwesenheit) klingt ausgesprochen ähnlich wie Präsent = Geschenk)

—

Frage: Was haben der böse Imperator und der Millennium Falke gemeinsam?

Antwort: Beide haben eine Schraube locker.

-

Sagte der Imperator:

„Ich putze meine Zähne mit ‚Colgate – Dark Power', warum fragst du?"

-

Frage: Was isst der Imperator zum Mittag am liebsten?

Antwort: Monster.

-

Frage: Was ist der schrecklichste Gegenstand im Besitz vom Imperator?

Antwort: Der Spiegel.

-

Frage: Warum sind die Hände des Imperators immer so schmutzig?

Antwort: Weil der Imperator jedes Mal beim Händewaschen einen Kurzschluss verursacht.

-

Frage: Warum bringt der Imperator zwei Sturmtruppler zum Golfspielen mit?

Antwort: Für den Fall, dass er ein ‚Hole in one' macht.

-

Frage: Bei welchem Sport kann der Imperator am besten entspannen?

Antwort: Badminton.

(bad (engl) = böse, schlecht)

—

Frage: Weshalb kaufte sich der Imperator ein Stromkraftwerk?

Antwort: Weil er immer mehr Power brauchte.

—

Frage: Was ist vollständig durchmischt mit schwarz, weiß und rot?

Antwort: Der Imperator und ein Sturmtruppler im Todesstern nachdem er explodierte.

—

Palpatine war bereits für die nächste ‚Wetten, dass...?'-Folge vorgesehen.

Als die Produzenten allerdings erfahren hatten wie seine Wette genau aussah, wurde er wieder ausgeladen. Er wollte wetten, dass er es schaffen kann mit einem Panzer über 30 Jedis zu springen.

-

Vor dem Senats-Gebäude fällt ein Alderraner hin. Palpatine sieht es zufällig und hilft ihm wieder aufzustehen.

Der Alderraner bedankt sich und Palpatine sagt: "Ich habe ihnen geholfen aufzustehen, dafür müssen sie mich wählen!"

Darauf der Alderraner: "Das glaube ich nicht. Ich bin auf mein Hinterteil gefallen, aber nicht auf den Kopf!"

Frage: Was ist der Unterschied zwischen dem Bundeskanzler und Palpatine?

Antwort: Den Bundeskanzler kann man abwählen. Palpatine nicht.

—

Frage: Was würde Han Solo zu Palpatine sagen, wenn sich beide begegnet hätten?

Antwort: „Du hast ein Gesicht wie ein Lexikon: Aufschlagen, zuschlagen und immer wieder nachschlagen!"

Wind & Wetter:

Sturmtruppen in der modernen Wettervorhersage!

Ich möchte jetzt nicht wie ein Rassist klingen, aber Sturmtruppler sehen alle gleich aus für mich.

-

Frage: Was ist der Unterschied zwischen einem ATAT und einem Sturmtruppler?

Antwort: Das eine ist ein Imperialer Walker und der andere ein walking Imperial.

-

Frage: Wie viele Sturmtruppler benötigt man um eine Glühbirne auszutauschen?

Antwort: Zwei. Einen zum Reinschrauben der Birne, den anderen der ihn erschießt, um den Lob für die Arbeit einzuheimsen.

-

Frage: Mit was schießen Sturmtruppler in der Wüste?

Antwort: Mit Sand-Blastern

-

Frage: Wie nennt man einen Sturmtruppler mit Durchfall?

Antwort: Einen Sturmpuper

-

Sturmtruppenpolizist zu Prinzessin Leia:

„Haben sie denn nicht mein Pfeifen gehört?"

Darauf die Prinzessin:

„Doch, aber wenn ich fahre, flirte ich nicht!"

-

Frage: Wie viele Sturmtruppen braucht man um ein Haus zu reparieren?

Antwort: Keine, das Haus wurde schon zerstört.

-

Landen drei Sturmtruppen mit ihrem Raumschiff, hier auf der Erde in unserer Zeit. Sie gehen in die Stadt und treffen auf eine Gruppe glatzköpfiger Männer mit Springer-Stiefeln und sagen:

"Bringt uns zu euren Führer!"

-

Höflichkeit ist ein wichtiges Thema bei den Sturmtruppen! Sie sagen immer:

"Nach dir."

...wenn es ins Feuergefecht geht.

-

Frage: Warum kaufte der Sturmtruppler eine Boom Box?

Antwort: Weil er einen Blaster wollte.

-

Frage: Wie kann man einen Sturmtruppler von einem AT-AT unterscheiden?

Antwort: Der AT-AT geht wie eine Spinne und der Sturmtruppler spinnt beim Gehen.

-

Der **Jabba** Weg: I make you sexy!

Frage: Jabba the Hut ist fett. Und wie fett ist er genau?

Antwort: So fett, dass Obi Wan erst nach näherer Begutachtung sagte: "Dies ist kein Mond."

-

Frage: Wohin geht Jabba the Hutt am liebsten essen?

Antwort: Pizza Hutt

—

„Jabba bei den Weightwatchers…"

—

Frage: Wie bezahlt Jabba seine Angestellten?

Antwort: Mit ‚<u>Star</u> bucks'

—

Frage: Warum denken die Leute dass Jabba eine gute Erziehung genossen hat?

Antwort: Weil er so eine ‚abgerundete' Persönlichkeit ist.

—

Frage: Wie heißt die Lieblingsstadt von Jabba?
Antwort: Buffet.

—

Hast du schon gehört, Jabba ist jetzt auf einer ‚Seh-Essen Diät'?

Er sieht Essen, er isst es.

—

Frage: Welches ist die Lieblingssüßigkeit von Jabba?

Antwort: Lecker und viel.

—

Frage: Was nutzt Jabba als Alarmton?

Antwort: ein ‚Taco Bell'.

—

Frage: Wie greift man am besten Jabba an?

Antwort: Mit einer Harpune.

—

Frage: Wie kam der Keyboardspieler in Jabbas Palast?

Antwort: Eine hatte eine Menge ‚Keys'.

(keys (engl.) = Schlüssel)

—

Frage: Wie bekam die Gitarrenband den Job bei Jabba?

Antwort: Sie zogen eine Menge ‚Strippen'.

-

Deine Mutter ist so fett, da macht sogar Jabba Augen.

-

Frage: Was würde passieren wenn es viele wie Jabba the Hutt auf der Welt geben würde?

Antwort: Dann wären sie ganz sicher Manager von Fußballvereinen!

-

Jabba zwingt Leia ein alkoholisches Getränk aus dem Krug zu trinken.

Als er ihr das Getränk in den Mund kippen will, verschüttet er es auf Leia's Bikini.

Wütend ruft sie: "Jabba, jetzt sehe ich aus wie 'ne Sau!"

Meint er trocken: "Ja, Hohoho! Und bekleckert hast du dich auch noch!"

-

Frage: Was passiert, wenn eine Bombe in Jabbas Palast geworfen wird?

Antwort: Die Unordnung bleibt, aber das Ungeziefer ist weg.

-

Leia ist an Jabba angekettet. Nachdem er sie eine Weile angestarrt hat, sagt er:

"Wäre schön, wenn du ein bisschen geil wärst."

Antwortet Leia: "Wäre geil, wenn du ein bisschen schön wärst."

-

Frage: Was ist für Jabba ein säumiger Schuldner in Karbonit?

Antwort: Ein gelöstes Problem!

-

Frage: Wie wird Jabba the Hutt auf hoher See bezeichnet?

Antwort: Für die einen ist er Jabba, für die anderen der größte Angel-Köder der Galaxis!

-

Frage: Was war der Grund dafür, dass Jabba versuchte Leia zu küssen?

Antwort: Er dachte er würde sich mit dem Kuss der Prinzessin in einen Prinzen verwandeln!

-

Frage: Was hätte Leia machen sollen, um Jabba leichter zu töten?

Antwort: Sie hätte nach dem Stöpsel suchen müssen, wo man bei Jabba die Luft rauslässt.

–

Skandal! **Leia** küsst falschen Frosch. Yoda jetzt Prinz!

Frage: Was hätte Leia gesagt, wenn sie Jar Jar Binks begegnet wäre?

Antwort: Wenn ich dein Gesicht hätte, würde ich lachend in ‚ne imperiale Kreissäge laufen!

–

Frage: Warum machte Leia Smalltalk mit Jabba?

Antwort: Weil sie dachte, dadurch das Eis zu brechen.

-

„Also ich versuche mich total ähnlich anzuziehen wie Prinzessin Leia.

Ich bin wirklich der größte Star Trek Fan, ever!"

-

Frage: Warum hat Prinzessin Leia, Han den Saturn gezeigt?

Antwort: Weil sie einen Ring von ihm möchte.

-

Frage: Warum hat Leia nichts gesagt, als sie in Gefangenschaft war?

Antwort: Niemand hatte ihr gesagt wie ihr Text lautet.

—

Frage: Warum ging Prinzessin Leia gerade mit Han aus?

Antwort: Weil sie nicht ‚*solo*' sein wollte.

—

Frage: Welches ist die Lieblingsshow von Leia?

Antwort: ‚Dancing with the <u>stars</u>'

—

Frage: Wo hält sich Leia am liebsten auf?

Antwort: In den ‚*Universal*' Studios

—

Frage: Warum hat Leia ein pinkfarbenes Lichtschwert?

Antwort: Weil es farblich besser zu ihrer Handtasche passt.

−

„Also ich versuche mich total ähnlich anzuziehen wie Prinzessin Leia.

Aber solche Klamotten in der richtigen Größe für mich zu kriegen ist schon schwer als Mann."

−

Frage: Wenn Han Solo und Prinzessin Leia Organa ein Baby hätten, wie würde es wohl heißen?

Antwort: Han Organ Solo

−

1000 Tricks & Tipps. **Wookie** als Haustier halten!

Frage: Was kommt heraus, wenn ein Wookie mit einem Menschen gekreuzt wird?

Antwort: Der Ötzi

-

Frage: Was kommt heraus, wenn ein Gamorreaner mit einem Wookie gekreuzt wird?

Antwort: Ein Schweinehund

-

Deine Mutter ist so haarig. Die einzige Sprache, die sie spricht, ist Wookie.

-

Frage: Was sagte der Rancor nachdem er den Wookie gegessen hat?

Antwort: Chewie!

—

Frage: Wie nennt man die Website, die Chewbacca startete um Geheimnisse des Imperiums preiszugeben?

Antwort: Wookieleaks

—

Werbung einer Vermittlungsagentur für entlaufene Wookies:

„Es ist gefährlich Solo zu gehen. Komm und nimm dir einen Wookie mit."

—

Disney plant eine Star Wars Version von Winnie the Pooh herauszubringen unter dem Titel:

Tigger Solo und Chewie the Pooh

-

Frage: Weshalb kann Chewie nie den Millennium Falke starten?

Antwort: Weil keiner ihn versteht, wenn er den Countdown von 10 herunterzählt.

-

Frage: War Chewbacca verrückt als der Nachbrenner zerbrach?

Antwort: Ja, er rauchte vor Wut.

-

Frage: Warum wollte Chewie nicht nach Hoth?

Antwort: Weil er hier so schnell kalte Füße bekommt!

-

Frage: Was sagst du zu einem Typen, den du auf einer Star Wars Convention triffst, nur 6 Fuß groß, und wie ein Chewie bekleidet ist und dabei wirklich lächerlich aussieht?

Antwort: „Hi, nett dich zu treffen."

-

Frage: Was ist der Lieblingssnack von Chewbacca?

Antwort: Frolic Leckerli

-

Frage: Wie heißt der Cousin von Chewie?

Antwort: Bigfoot.

—

Frage: Wohin geht Chewie wenn er Dinge zu essen oder Medizin braucht?

Antwort: Zu „Fressnapf"

—

Frage: Was ist die Lieblingsschokolade von Chewbacca?

Antwort: Milky Way.

—

Frage: Welches ist der Lieblingsfilm von Chewbacca?

Antwort: Ein tollkühner Himmelhund.

–

Frage: Wer ist der Lieblingsheld von Chewbacca?

Antwort: Underdog aus dem Film *Tollpatschiger Hund mutiert zum Superhelden.*

–

Frage: Was ist die größte Angst von Chewbacca?

Antwort: Zu einem Frisör gehen zu müssen.

–

Frage: Warum war Han sauer auf Chewie?

Antwort: Weil er wiederholt Klebeband zur Reparatur des Millenium Falken benutzt hat.

-

Frage: Warum wurde Chewie hungrig?

Antwort: Weil die *Launch*-time näher rückte.

Launch (engl.) = starten klingt so ähnlich wie Lunch (engl.) = Mittag)

-

Frage: Für das Erstellen welcher Website wurde Chewbacca festgenommen?

Antwort: Wookieleaks

-

Ende

Weiter geht es mit Band 2 aus der „Wars-Stars" Humorreihe.

Weitere Bücher von Theo von Taane:

Titel	ISBN
Minecraft Witzebuch	9783738612332
Minecraft Witzebuch 2	9783739211206
Minecraft LOL Witze	9783739211305
Minecraft Witze – Frisch gecraftet	9783739222394
Minecraft Rätselbuch (8-14 Jahre)	9783739218267
Minecraft Rätselbuch II (8-14 Jahre)	9783739246130
Minecraft Offline Spiele (8-14 Jahre)	9783738647204
Minecraft Quizbuch	9783839130797
Minecraft Quizbuch II	9783839130810
Minecraft Rekordebuch	9783739229638
Minecraft Mathe Ausmalbuch	9783739229744
Minecraft Hausaufgabenbuch	9783732232833
Minecraft: Unter der Herrschaft Roms - Aufstand in Germanien (Roman) (8-99 Jahre)	9783741238369
Minecraft: Eiszeitjäger - Auf der Fährte des Löwen (Roman) (8-99 Jahre)	9783741207211
Minecraft Notizbuch (liniert)	9783738628852
Minecraft Notizbuch Enderdragon (Spielebogenpapier für Minecraft Offline Spiele)	9783739228709
The Walking Dad Witzebuch (12-16 Jahre)	9783739213507
Weltbester Radfahrer - Notizbuch	9783738610161
Weltbester Inline Skater - Notizbuch	9783738610178
Weltbester Skifahrer - Notizbuch	9783738610185
Weltbester Snowboarder - Notizbuch	9783738610192
Weltbester Sportler - Notizbuch	9783738610208
Weltbester Surfer - Notizbuch	9783738610215
Weltbester Taucher - Notizbuch	9783738610222
Weltbester Tennisspieler - Notizbuch	9783738610239
Weltbester Volleyballer - Notizbuch	9783738610246
Weltbester Wassersportler - Notizbuch	9783738610253

Und noch mehr Bücher von Theo von Taane:

- 2 in 1 Basketball Notiz- und Taktikblock
  ISBN: 9783734748110
- 2 in 1 Eishockey Notiz- und Taktikblock
  ISBN: 9783734748387
- 2 in 1 Feldhockey Notiz- und Taktikblock
  ISBN: 9783734748844
- 2 in 1 Fußball Notiz- und Taktikblock
  ISBN: 9783734748851
- 2 in 1 Futsal Notiz- und Taktikblock
  ISBN: 9783734748868
- 2 in 1 Handball Notiz- und Taktikblock
  ISBN: 9783734748875
- 2 in 1 Lacrosse (w) Notiz- und Taktikblock
  ISBN: 9783734748882
- 2 in 1 Lacrosse (m) Notiz- und Taktikblock
  ISBN: 9783734748905
- 2 in 1 Korbball Notiz- und Taktikblock
  ISBN: 9783734748936
- 2 in 1 Schach Notiz- und Taktikblock
  ISBN: 9783734748950
- 2 in 1 Squash Notiz- und Taktikblock
  ISBN: 9783734748974
- 2 in 1 Tennis Notiz- und Taktikblock
  ISBN: 9783734746406
- 2 in 1 Tischtennis Notiz- und Taktikblock
  ISBN: 9783734748967
- 2 in 1Volleyball Notiz- und Taktikblock
  ISBN: 9783734748981

Motiv Notizbücher von Theo von Taane:

Titel	ISBN
Weltbeste Tennisspielerin	9783738610055
Weltbester Angler	9783738610062
Weltbester Bauarbeiter	9783738610079
Weltbester Eishockeyspieler	9783738610086
Weltbester Gärtner	9783738610093
Weltbester Golfer	9783738610109
Weltbester Jäger	9783738610116
Weltbester Judokämpfer	9783738610123
Weltbester Karatekämpfer	9783738610130
Weltbester Kraftsportler	9783738610147
Weltbester Läufer	9783738610154
Weltbester Radfahrer	9783738610161
Weltbester Inline Skater	9783738610178
Weltbester Skifahrer	9783738610185
Weltbester Snowboarder	9783738610192
Weltbester Sportler	9783738610208
Weltbester Surfer	9783738610215
Weltbester Taucher	9783738610222
Weltbester Tennisspieler	9783738610239

...weitere Titel verfügbar und aktuell in Vorbereitung.

Von Theo von Taane gibt es weit mehr als 200 Witzebücher, Notizbücher, Romane, Spiele, Tools, Sportbücher und Kalender.
Im Store einfach mal nach „Taane" suchen.

Viel Spaß!!